U0164677

鎖禁的美麗

李藏壁

目錄

序

（序章難免有先後，但評論均非常可觀，藉得讀者細細閱讀。）

第一輯　書懷

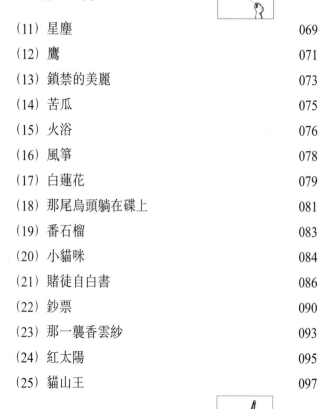

第二輯　託寓

第三輯　素描

第四輯　嘆喟

夜讀東坡

淅瀝瀝清明一雨到端午
暮色薄處總有隻鵓鴣
在童年的那頭無助地喊我
喊我回家去，而每天夜裡
低音牛蛙深沉的腹語
一呼群應，那丹田勃發的中氣
撼動潮溼的低空，時響，時寂
像裸夏在鼾呼。　一壺濃茶
一卷東坡的詩選伴我
細味雨夜的苦澀與溫馨

摘自余光中之詩集
《隔水觀音》
（1968 年作品）

黃維樑

你藏璧，我們淘寶

　　GPP-2017 有《水澹雲濃》，GPP-2018 有《今晚　且乾杯》。沒有鍵錯，這裏是 GPP 而不是 GDP。GPP 乃我所創的辭彙 gross poetic product 即詩歌生產總值。生產繼續，好像總值還提升了，誰說不呢？GPP-2019 將有《鎖禁的美麗》。一年一卷，孜孜不倦，李藏璧兄比當年徐志摩在英國的詩情還要"火山爆發"。藏璧兄曾經經歷戀愛的飛天入地上山下鄉淡濃醒醉溫柔暴烈痛哭歡笑甜酸苦辣各種況味？誠然，《水澹雲濃》、《今晚且乾杯》、《鎖禁的美麗》的語意及其聯想都藏在上述的長句裏。

　　又教學又當編輯又任出版人，甚至經商，都有成，而且都已兒孫一群，孫女都已婷婷繪畫給爺爺做封面插圖了，藏璧兄在親友相伴逍遙旅行、在好友相陪乒乓球賽諸種清福之餘，還大寫其詩。他"斗酒詩百篇"還是"一吟雙淚流"，我不得而知。我展卷而讀，不像蘇雪林之能夠成書《李義山戀愛事蹟考》；藏璧兄的詩有戀愛題材，但我考證不出多少戀愛事蹟。我轉而看其旅遊，這卻是大觀了。

首輯十首全是遊歷及其感懷。韓國的濟州島，素有"風多、島多、石頭多"之稱。寫風不容易具體，藏璧兄寫石頭，〈濟州島〉一詩是一篇特異的《石頭記》："曾經熊熊烈烈的龍頭岩／幾條莽蛇騰轉翻動／一對豺狼狡猾猙獰眼睛／另一隻蒼鷹突然俯衝撲下"。"龍頭岩"把動態凝定，以猛獸之姿先拔頭籌；""將軍石"次之，"涉地岬"又次之，狀寫非常生動。

木瀆古鎮、臺北、奈良、馬來西亞在詩筆下各具風情。〈茶果嶺村〉一詩"遊"的是香港；舊地重遊，"長長獨有的大街／寮屋貼著鐵皮屋／靠近公廁汙渠電線交纏電線／尼龍繩夾著晾曬的衣物飄揚／雨水滴漏　魚骨的天空／／羅氏大屋　滄桑了金碧高貴／破舊酒莊　彌漫古老味道／榮華冰室仍賣奶茶西多士／剝落混凝土牆上／一頁褪色摩登女郎日曆／／夕陽斜照／人字斜紋屋頂　大麻石教堂／七十歲嬸婆閒聊街坊／小販阿全叫賣魚蛋牛雜檔"。這一首"鄉土"氣十足，香港的博物館"香港故事"特展，可據此做一個迷你模型。

戀愛事蹟可考者不多，戀愛情懷則甚有可感者。藏壁兄的詩中總有個伊人美人麗人一樣的人兒，他賞她慕她愛她戀她懷她憶她。她可以是"優雅""雍容"的白蓮花，可以是"多麼嫵媚多麼甜"的芭樂；"咖啡可可香料咖喱／都是這裏的熱情戀人"。這位"她"在作品中可以是"你"、是"妳"、是（當然是）"她"，甚至可以是"我"——〈王子大婚——新娘梅根的獨白〉中的"我"。

　　梅根（Meghan Markle）形容自己"只有最樸素的裝飾／只是靈性特別澄明乾淨"；我把這裏所説解釋為藏壁兄心目中理想的窈窕淑女。《鎖禁的美麗》最後兩行是"誰又會令我想起美艷和動人／四十年前的她和山口百惠"。加上作者自己這樣的"補充"，那個她是最為理想的 fair lady 了。"四十年前的她"説來朦朧，是誰呢？這卷詩集的壓卷之作〈北角之戀〉形容一位女子："她有一雙很純潔很漂亮的眼睛／靜靜的 憂鬱的微笑"。我考證藏壁兄的戀愛事蹟，功夫不強不深，倒是詩人自己提供了謎底：此詩有附記，説當年在北角遇上的是"像白蓮花 [的] 妻子"。《水澹雲濃》和《今晚　且乾杯》兩本詩集，有頗多首詩追念已逝的妻子，當前這本《鎖禁的美麗》沒有悼念的濃情和重筆，但這篇收官的〈北角之戀〉，其愛妻念妻，卻正給人餘音嫋嫋之感。

連續三年，一年一卷，"火山爆發"的詩情，不限於旅遊和愛情。《毛詩序》說"詩者，志之所之也，在心為志，發言為詩"。《水澹雲濃》的"後記"說"五十年前"曾與友人出版詩集《鑑石》，那時"熱情洋溢"，此次出版《水澹雲濃》"只想留一份永遠懷念"。是了，我想藏璧兄有"志"要發，且要"誌"之、記之，可能還要以此作為"華年"（我用"華年"指稱人生50-80歲這個年齡段）的一份"志業"，於是憑著詩情正在發熱發光，把心把志加工加藝經營為詩篇。

有這樣的雄心，他大氣地把歷史或植物學寫進遊記，如〈奈良　你的眼神〉、〈木瀆古鎮遊記〉、〈海珠橋的晚風〉、〈大紅花的國度〉。〈誰會溫柔一笑〉一篇寫日軍屠殺、美國投彈的戰爭痛史，通過歷史來反戰，更見功力。此外，他在〈鈔票〉中用工筆諷刺眾生的拜金，把鈔票當作"人間的上帝"，竭力批判人生社會。

在〈那尾烏頭躺在碟上〉中，他同情魚被狠釣、宰割、火烹、饕餮，然後，"一葉舊報紙包裹你的死氣與殘餘”，丟了。“反正 天地人間 神明及上帝從不過問什麼是生命 可憐和悲憫”。讀到詩的末節，回頭再讀前面“黃膏油 混合濃濃紹興酒／檸檬香 盈溢一桌／舉筷嚐一口 頂好鮮美滋味”和“麻木無光無神泛白白浮呆呆的雙眼／皮爆肉裂 黑色壯厚脊背／無力躺在硬實實的大碟上”這些句子，讀者會深深同情烏頭的“遭遇”。范仲淹〈江上漁者〉和余光中〈黃金城〉道出饕餮漁獲的美味和漁民作業的苦辛，藏璧兄這一首，聚焦於漁獲，感歎人們狠勁殺生為口福的殘忍。

中西詩論家都認為用“形象”把“思維”表現出來，是詩的必由之路；艾略特更有著名的以“象”表“意”的“意之象”（objective correlative）主張。李藏璧深諳寫詩之道，有章法有紋理；也深知惡詩之弊——超現實、潛意識地操弄、惡搞文字，務求所寫莫測高深而讀來不知所云。在當代詩人中，他推崇余光中；余光中所善所惡，正是剛剛我指出來的這些。我覺得他有見賢思齊的作為。詩翁 2017 年 12 月中旬仙逝，旬後他寫作〈那一隻鳳凰——悼念大詩人余光中〉，向詩翁“致萬分的孺慕和敬意”，詩中鑲嵌了余氏〈記憶像鐵軌一樣長〉、〈逍遙遊〉、〈與永恆拔河〉等十餘篇詩文的題目，一方面道出詩翁的特色和成就，一方面表現他遣詞謀篇的藝術功夫。藏璧兄的書寫，已先後獲得好幾位知音如江沉、郭善伙、李南仲、胡其石、鍾植和、炊煙山人、秀實的點贊和點評，辛勤的付出得到了回報。

《鎖禁的美麗》中有一些章句，對"溫柔"頗感怯懦。〈貓山王〉一詩藉榴槤寫"成熟女人般誘惑"，很想一親芳澤。〈鎖禁的美麗〉一詩寫廣告燈箱"成熟女人"（又是"成熟女人"！）的"血肉青春"，如此"玫瑰"令人"顛倒夢想"；可是啊，說話者（speaker）這個"不惑又迷惑的糟老頭 / 不敢面對真實的血肉青春"，只能作紙上欣賞。詩集中還有"現在我只是個歌罷舞罷 / 晚醺垂暮的老人"和"今夜…我將黯然離去"的語句。我不禁猜想：說話者在道出藏璧兄的心聲？

其實"年方"八十、九十而寫詩作畫者不可勝數，藏璧兄方在"華年"，乒乓球技藝頗高，而打來活力不遜青、中年人；莎士比亞在《皆大歡喜》（As You Lile It）中描述糟老頭的容貌表情行動，藏璧兄的形與神沒有一點相似。當今他寫詩的雄心尚然勃勃，更不能以「老」以「暮」自歎！對了，寫你的最愛之一乒乓球運動，也是尚佳的題材。李藏璧，你心懷藏璧，在詩的龐大金庫中已致力作出貢獻；還有不少的如玉人物、珍貴經驗尚待你表達，有玉屑金碎般的句子尚待你鍛煉。展卷而讀，像我一樣，眾詩友可在其集子裏欣然淘寶。

2019 年 5 月杪

　　黃維樑，香港中文大學中文系一級榮譽學士。美國俄亥俄州立大學文學博士。1976 年起陸續擔任香港中文大學中文系講師、高級講師、教授；美國威斯康辛大學東亞系客座副教授、臺灣高雄中山大學外文所客座教授；美國 Macalester College 及四川大學客席講座教授。有《中國詩學縱橫論》、《香港文學初探》、《壯麗：余光中論》、《文心雕龍：體系與應用》、《文化英雄拜會記：錢鍾書、夏志清、余光中的作品與生活》、《迎接華年》等二十餘種著作。先後任香港作家協會主席、中國文心雕龍學會顧問、香港作家聯會副監事長等。曾獲多個文學獎、翻譯獎，作品選入大學及中學教材。

宵禁夜

路燈慘罩寂靜
街衢如蛛網凝愁
今夜　宵禁之夜
撥開煩塵而揣摩回憶
以垂簾聽雨之懷

遺落在幽暗的
揭翼而至：
倚欄的迷茫
山風的凄泠
不熄如焮滅榴花

摘自江沉（胡其石）之詩集
《鑑石》
（1967年作品）

胡其石

意象聚焦與佈局

(代序)

李藏璧的詩一直有一個特點，就是意象鋪陳讓人目不暇給。這引起我對意象做了一些思考和探討。他出版第三本新詩集，就趁這機會把一些想法整理一下，用作他新詩集的序言。

意象可以說是詩的語言。詩人用意象表達自己的情思，讀者也透過意象去了解和感受詩作。這溝通過程顯現著詩人的技巧工力，也透露讀者的鑑賞修養。要溝通成功，作者畢竟是始作俑者，所以要負較大責任，要為讀者引路，而引路的要務，在於意象的聚焦和佈局。

著名元曲作品裡有馬致遠的〈天淨沙——秋思〉，是個將意象發揮得淋漓盡致的好例子：

枯藤老樹昏鴉
小橋流水人家
古道西風瘦馬

夕陽西下
斷腸人在天涯

　　這首小令一開頭就列出九個意象。由枯藤到瘦馬，每個都是鮮明物象，作者把它們放在一起來描繪落漠的情境。

　　馬致遠在這作品中沒有重複又重複地推出同義異樣的圖象或語言，而是讓九個意象共同作用，使之產生出近乎神奇的效果。先是「枯藤老樹昏鴉」定了主調。「小橋流水人家」本可以是恬靜幸福的正面寫照，「古道西風瘦馬」也可以引發盪氣迴腸的感受，但馬致遠把它們都借過來刻畫寂寞殘破的模樣。

　　到此，詩人已經不著痕跡地把意象聚焦在主題上了。然後他再露一手，寫下「夕陽西下」四字。這第十個意象像攝影機的濾光鏡，給以上九個意象抹上黯淡色彩，使一個蒼涼天地頓現眼前。然後他的筆鋒直刺讀者心窩：「斷腸人在天涯。」想想一個斷腸人身處天涯，四顧蒼涼，那是什麼滋味！

　　詩人一直把意象向主題聚焦，設局把讀者帶入他的目的地。他不讓意象流散一地，不讓讀者迷失在遍地玻璃、亂光四射的渾噩中；他要讀者在詩的張力下運用想像以達至共鳴。為詩匠心獨運，就在這些地方顯示出來。既是「獨」運，即是說每位詩人有其獨特招式，甚至同一詩人對每首詩都可以用不同的手法處理。

且引李藏璧〈海珠橋的晚風〉為例，説明另一種聚焦及佈局手法。這首詩不是用對話形式寫成的，但它寫的是「你」和「我」兩者的「對話」。情節是否真有兩人談話或只是詩人自言自語並不重要，重要的是這安排把意象做了些很有意義的處理，使作者能順理成章地進入主題。

詩中的「你」和「我」兩者，一個愛月，愛橋，愛城市的亮麗；另一個愛沿江散步，愛樹，愛寧靜古樸。作者把這些意象歸為兩組，一組指向城市現代化的轉變，因此那歌手要南來；另一組襯托出鄉愁，所以想起昔日戰亂，今日老邁而無花。這樣的對話如果處理不當，會變成雞同鴨講。但詩人在此把散漫、不甚調協的意象聚焦並對比，拱托出主題。

詩中還有兩段間奏：歌手的歌聲和潺潺的珠江河水。間奏又稱過門，在歌曲段落之間，主旋律稍歇的時候出現；短短幾個小節對整首歌曲起著緩衝、調協、引介、及製造氣氛等作用。李藏璧用這兩段過門，一方面塑造出音樂背景，加深詩的感染力；另一方面在文義上使漂來的歌手唱出鄉愁，以無休止的珠江水比喻無奈。佈局很巧妙。

聚焦指把所有的意象射向主題，佈局是把詩意合理安排，引至共鳴。兩者概念不同，但有同一目標，就是為讀者引路。這些技巧的運用，各詩人不同，各詩也不同，顯示詩人的風格及每首詩的獨特形象。我想欣賞詩也可以從這些角度出發。

胡其石 2019 年 4 月 洛杉磯

胡其石，原籍廣東開平，成長於澳門及香港。香港聖芳濟英文書院畢業。香港葛量洪師範學院畢業，并任該校雙月刊《仁聲》總編輯。偶有作品發表，包括以筆名「江沉」與李藏璧聯合出版的詩集《鑑石》。曾任教於香港九龍詩歌舞街官立小學。一九六九年赴美國，獲加利福尼亞州洛杉磯州立大學經濟學學士及碩士，服務於財務界，曾任香港上海匯豐銀行海外投資部經濟組經理。一九八零年代再投身教育，得母校加州大學教育及行政碩士；居美期間曾任佳偉學區教員，南加州大學講師，加州大學教學實習導師，洛杉磯縣教育局特聘導師，阿罕布拉學區雙語專員及校長。二零零八年退休後，常走動於港美之間。現為洛杉磯北美華文作家協會會員。愛好詩文及學術研討。

秀實

香港詩壇的休斯

談李藏璧幾首動物詩

　　《鎖禁的美麗》是詩人李藏璧第三本詩集，收錄詩作四十五首。他的前兩本詩集分別是《水澹雲濃》（2017）與《今晚且乾杯》（2018）。前者收錄 56 首，後者收錄 51 首。換句話說，這三年間，藏璧共得詩約百六十首之譜。我初翻藏璧之詩集，有"明快"與"乾淨"的印象。明快是手法，乾淨是語言。可見藏璧之詩，已到了一個相當不俗的地步。但仍可再進。

　　這本《鎖禁的美麗》書名極佳，頗有生而無奈之嘆。美為詩歌共同追求的藝術準則。但於美的定義卻各持異見。此處拈出"鎖禁"一詞，則是詩人對美的界定。若以女子作喻，則如日本女優山口百惠。但山口百惠於詩人而言，必得具一種鎖禁的存在狀況方顯其美。此也是審美的距離。詩人生於四十年代，於今已屆七十餘高齡。對人間美有如此悟與嘆，也是一種智慧。我一直認為"詩乃智者善為之事"，而平庸是詩歌的天敵。且舉〈鷹〉為例。麻鷹為香港常見受保

護的野生飛鳥。以此為詩，自是詩人對自然的一種認
知。如下：

　　總是踏著虛空總是逍遙
　　飛　　飛　　飛

　　滿眼是雲影霞影的青天長天
　　悠悠渺渺
　　騁馳無垠誇展著豐碩胸膛
　　兩公尺赳赳的翅膀昂迎颯颯烈風
　　似鋼刃橫強的銳爪耀映著陽光
　　精明剽悍無匹的眼神
　　猛獅搏兔般懸河急流俯衝　　一瀉千里

　　又時而側傾兜轉回旋
　　間而振翅翱翔　　吭嘯一聲
　　縱橫大地　　視穹蒼如無物
　　橫空的霸主啊

　　命運却是一枝最銳利的箭
　　猶如　　猶如很多英雄殞落的故事

詩前三節與末節分為兩部份。首節與末節的跌宕極大，這是鋪張所帶來的藝術果效。二、三節以細筆描寫鷹之雄姿。詩的取意是，窮途末路是英雄的宿命。讀到末節，我悠然想及當代英國詩人休斯 Ted Hughes，1930-1998 的成名作〈雨中的鷹〉The Hawk in the Rain 來。無獨有偶，休斯筆下那頭大雨中捕獲獵物的鷹，其下場則是藏璧所說的"英雄殞落"。〈雨中的鷹〉4-4-4-4-4 五節共 20 行。且看末節：

不測的風雨，遭遇氣流，從高空被拋下，
從他的眼中跌落，沉重的雲撞擊著他，
地面將他捕獲；天使的圓眼睛
碎裂了，他心臟的血與地上的泥濘混在一起。

（張文武　譯）

智慧的詩人其著眼點總是雷同。凡人只看到鷹的自由與桀傲不馴，而忽略其慘澹結局。但兩詩的視點各異，藏璧是仰望雄鷹翱翔，哀其末路。休斯寫鷹，以其當下處境為類比。因為此時"他"雙腿已陷入"雨中的耕地"，嗅到了"墳墓的氣息"。評論家陳紅說："浸染鮮血的泥土和鷹那漸漸熄滅的生命之火都讓人

聯想到一戰中困死於戰壕或被敵機炸死的士兵"（見
《特德 休斯詩歌研究》，陳紅著，華中師範大學出
版社，2014.11。頁 18）。休斯之作，劍有所指。而
藏璧之詩，回歸自身。哀鴻圖未展，翅（志）不能伸。

　　晚飯桌上的烏頭魚也成了詩人筆下書寫的對象。
詩題已屬不凡──〈那尾烏頭躺在碟上〉。烏頭原應
泅游於大江大河，如今卻為盤中飧。這裏，人的口腹
之欲與物的微薄之命被寫成了傑作。且看：

　　　　黃膏油　混合濃濃紹興酒
　　　　檸檬香　盈溢一桌
　　　　舉筷嚐一口　頂好鮮美滋味
　　　　然後　急急匆匆再下箸兩口

　　　　麻木無光無神泛白白浮呆呆的雙眼
　　　　皮爆肉裂　黑色壯厚脊背
　　　　無力躺在硬實實的大碟上
　　　　拌勻些糖　醮浸些豉油醬汁
　　　　幾乎忘記了　你叫什麼名字

　　　　無人稽究關心　你如何遭遇且不幸

也曾掙扎啊傷痛了多久

是否落在緊纏纏的繩網

或者扣在那倒豎尖刺狠辣的釣鈎

真的忘記了　你來自那個江湖

一葉舊報紙包裹你的死氣與殘餘

丟掉你骨棱棱的頭共尾

今晚剛用白菜價錢就買你回來

任我宰割劏屠　滿足我食欲口腹

反正　天地人間　神明及上帝從不過問

什麼是生命　可憐和悲憫

　　詩四節，精采在末節。詩人在事件上把自己定性
為"劊子手"，殺戮無辜的生命，而只為個人"食慾
口腹"。詩的立意值得深入探討。（A）詩人坦誠於
己，並不忌諱殺戮之惡。更揚言刀在我手，神佛也莫
奈何！與詩人性善而憐憫蒼生之情相悖。（B）詩赤
裸裸地表達以強凌弱的人性之惡，享樂至高，自私為
尚，並無傳達絲毫愧疚與自省之意。其薄涼與詩歌終
極的人文關懷背道而馳。從詩教角度而言，這無疑是
一首離經叛道的作品。

此詩首節炫耀廚藝，二三節描繪烏頭（受難者）慘況與身世。都為末節意旨鋪墊。藝術上這也是一種"美麗"。如果我們認同本詩集名"鎖禁的美麗"為詩人於美的孜孜以求，則本詩所揭示的"真"卻又如此醜惡，則我們必陷入評論家梁宗岱在《詩與真》裏所說的，"自從柏拉圖以詩乃神靈附身，以文藝是否揭示真理作為衡量詩歌與悲劇的尺度，而亞裏士多德卻以文學乃製作之物，且服從於自身的美的規律，為西方文學思想確立兩個不同的淵源以來，後世的文學理論就一直陷於詩與真，還是詩與美的論戰之中。"一直到象徵主義的出現，在某種程度上否定了"神啟之真"，而還原事物的"本源之真"，並成就了"以醜為美"的藝術審美價值。象徵主義無疑粉碎了人們對自身的"神化"。評論家陸文績說，"人的有限性，命運的不可知性，死亡的不可拒抗性，以及內心翻騰著的憂鬱、孤獨之感，使每一個面對真正世界的藝術家，不能再唯美下去了。"（見《法國象徵詩派對中國象徵詩影響研究》，陸文績著，四川大學出版社，1997.1。頁22。）藏璧此詩的烏頭魚，於世相的揭示極深，值得反復細嚼！

　　集內四十五首詩，有一首是贈予我的，題〈給秀

實——那隻非常孤獨的貓〉。這是一首 4 節 4-4-4-4 共
16 行的小詩。我十分偏愛如此的述說，那是詩人的
智慧在書寫，不在內容。詩後的"注"觀人以微，"一
個擁有灰色和彩色超現實夢的作家，詩句中的語調充
滿人生無奈和輕嘆，亦帶點流浪天涯歌手的氣質。"
寥寥數語便道出我詩歌的特質。這是對繁複事物的高
度概括力。當我讀至第 2 節末行"也不知將來的命運
怎樣和你算帳"，為之悚然震驚。因為這確是我於命
之憂心忡忡。詩含意深刻，其情為我欲抒之情，其哀
為我懷抱之痛。詩中的"枯乾的井""深巷""荒原"，
恰恰是我當下之處境——思想上所築構的絕域。詩中
所涉及的貓，藏璧未曾見過，筆下竟傳神入髓。可見
詩人是從我身上解讀一頭素未謀面的"獸"，故而才
有"只賸下一隻貓　及牠的自我"如此精警之句。我
曾把詩集《與貓一樣孤寂》相贈，這是詩人讀我詩後
有感之言。交淺而能以詩相知，其為藏璧兄乎！

　　寫貓，集內還有一首〈小貓咪〉。首節有"夜色
已垂下 / 墜落在窗帘又墜落到你的眼簾 / 你像被催眠
眯成一縫綫"之句。與〈給秀實——那隻非常孤獨的貓〉
末節"它的瞳孔永遠永遠眯成一綫 / 緊閉的　日與夜
仿佛糾纏不清"。兩詩都寫到貓之瞳。由是我想及薩

格以"自然中心思想"評論休斯的詩作時說,休斯書寫動物的作品離不開對動物眼睛的關注。並經由此融合了自然與社會,自然與歷史,而達致人文關懷。更為巧合的是,兩人以動物為書寫的作品不多,休斯詩集《雨中的鷹》裏,只有〈雨中的鷹〉〈美洲虎〉〈金剛鸚鵡和小小姐〉〈馬〉〈神思狐狸〉等幾首,而藏璧《鎖禁的美麗》也不過是〈鷹〉〈小貓咪〉〈那尾烏頭躺在碟上〉〈給秀實——那隻非常孤獨的貓〉等寥寥之數。如此美譽可否:詩人藏璧,其為香港詩壇之休斯乎。

李藏璧早於 1967 年已與江沉合著詩集《鑑石》,在超逾半世紀的詩歌創作里程中,他一步一腳印的走來,未曾放棄。其人平實,其詩規矩。南朝劉勰《文心雕龍·卷六定勢》有說法,"效奇之法,必顛倒文句,上字而抑下,中辭而出外,回互不常,則新色耳",又說"湍回似規,矢激如繩"。新詩常打破語法規範,以求新奇。藏璧之詩,情真意切,惜略欠成勢。這是他日後登高堦而當審視之處。

2019.4.16 上午 10:45 於將軍澳婕樓。

秀實，香港詩歌協會會長。著有詩《婕詩派》《像貓一樣孤寂》，評論集《為詩一辯》《畫龍逐鹿》等。並編有《風過松濤與麥浪——台港愛情詩精粹》等詩歌選本。

臨終

掛在天空的星子說明了我滅亡後歸去的距離
那時沒有一個熟悉的臉孔在身邊
窗外的夜色很沉靜，咒罵聲隱沒在泥土底下
我感覺到，給捧著的花香和
遙遠山外傳來的微弱鐘鳴
我知道，一切的榮枯與愛憎都
隨最後的閉目而寂滅
當日我的書寫將存留下來
並引證我的真實與罪咎

摘自秀實之詩集
《與貓一樣孤寂》
（2016 年作品）

炊煙山人

深情與風華

　　詩歌創作是一種需要綜合能力的創作,包括想像、幻想、思考、語言、文字、音韻、描寫等等。不過擁有各種能力並非就可成為詩人。我們心目中的詩人除了以上能力高強之外應該還有一些特質,使詩人異乎常人,與眾不同。另外,每位詩人作品也應該有些特質使其與其他詩人作品區分開來。李藏璧新詩第三輯《鎖禁的美麗》即將付梓出版,閱讀之後,我想對李詩人及其作品的特質表達一些看法。

　　李藏璧是一位不折不扣的詩人。他詩齡不淺,自從青年時代直到現在,對詩及新詩創作熱愛及投入,始終沒有改變。現時他的詩境已臻爐火純青,真是「漸於詩律細」(註一)。他作詩的態度是「衣帶漸寬終不悔」,可能已經到了忘我,真的是「為伊消得人憔悴」(註二)。英國詩人濟慈(John Keats)視藝術及詩歌為人生之昇華,以生命和精神投入詩歌寫作之中(註三)。大詩人創作詩歌當然不是玩票性質。李藏壁詩集作品質量之高，數量之多，令人讚歎。他確有古今中外大 詩人心懷，對於詩歌藝術創作，極度認真執著，所以才有如此突出的成就。李藏壁新詩第三輯結集詩人近來作品，佳作珠玉紛陳，功力深厚，都是無限興會與心力揉合結成的正果。

詩人並非凡人，就是與凡人不同。凡人看花是花，詩人看花不只是花，甚至 是「花非花」；凡人看山是山，詩人看山不只是山，甚至是「山非山」。「感時花濺淚」（杜甫〈春望〉），「相看兩不厭，只有敬亭山」（李白〈獨坐敬亭山〉），這 些舊詩句都可以引以為證。李藏壁新詩第三輯《鎖禁的美麗》裏的例子也是俯拾皆是。「淡水的潮浪」（〈雨夜〉）不只是普通浪起浪回，而是寄託著對存在的疑問；「白蘭樹」（〈那株白蘭樹〉）的幽香引發往事的追憶。這些都說明一點：藏壁跟 其他詩人一樣，對世間事事物物，感受與別不同，程度上濃烈得化不開自是不在 話下，而且興比新奇，令人應接不暇。

無情不得為詩人，寡情不能為詩人。王國維於《人間詞話》引尼采語：「尼采云：『一切文學，余愛以血書者。』」（註四）詩歌是人類高層情感的具體化身。當然濫情、矯情、假情對於詩歌創作來說都是不足為訓的。詩人寫詩可以是激情勃發，可以是柔情似水，可以是深情脈脈，可以是熱情洋溢，總之一定要情真意切，才可以打動人心，傳之久遠。細讀《鎖禁的美麗》就會發覺詩人是性情中人，每一首詩作都充滿濃厚的情感，包括懷舊之情、傷逝之情、鄉土之情、花月之情、歷史文化之情、河山歲月之情、終極關懷及悲天憫人之情，不一而足。單有感情固然無濟於創作好詩之事，但沒有深情厚感，便決不會有好詩產生。詩歌是文學，文學是藝術，藝術求美，詩歌文學的最終價值在乎美的追求。不過這種美是高層次的美，是以內涵情感為基礎的美，是以形式塑模內容的美，而並非表面裝飾，炫人耳目的空虛美。真正有價值的藝術作品包括詩歌文學作品，必然是形式與內容的有機融合。詩集內裏的作品就是內容情感與形式藝術的高度有機融合。這些作品都是言之有物，內容豐富，悱惻纏綿，而又運用高超的詩歌藝術手法和修辭技巧，達成濃烈的藝術效果，給予讀者醉人的藝術享受。

在文字負載意蘊方面，李藏璧詩歌表現尤其突出，所收錄的作品文字運用已到爐火純青的境界，文字力量宏大，負載意蘊深厚繁多。而且文字單位，無論單字、詞組、句子、段落更是互有關連，互相呼應；不是機械組合，而是有機合體，不是堆砌層疊，而是緊扣相連。文字在李藏壁手中正如繪畫大師的顏料，五彩繽紛，而又意蘊深厚，配置巧妙，而又神清氣足。這不是僥倖所致，而是經過多年淬煉，融滙貫通之後的效果。

李藏壁詩歌有充滿彈性的文字藝術肌理，這是說有申縮自如的能耐，放大可以瀰淪六合，收縮可以納須彌於芥子。他的詩歌文字多有蒼穹混茫之句語，包含對宇宙本體的蠡測，使人神思杳杳。〈星塵〉就是一個很好的例子。這首詩以星座及星宿作為意象，使誦詩者心眼驟起莽莽蒼蒼的星塵幻象，東西方文化情調交映；對時間宇宙、存在生死，使人或許頓然了悟，或許更覺茫然，總之感受深刻，不能自已：

> 一堆星有幾多克拉的璀璨
> 炯炯　有幾遙遠的光年
> 茫茫蒼蒼
> 像碎金碎銀的閃爍
> 矜貴的眼神噢

又如結尾一段：

　　　　星辰啊　當你們的背影在清晨沉落
　　　　當牛郎織女相隔渺渺
　　　　誰主昏耀浮沉
　　　　誰掌殞落的命運

　　這類令人有「篇終接混茫」（杜甫詩句）之感的句子，在他的新一輯詩集中更有相似的例子。〈火浴〉有這一段：

　　　　塵歸塵　隨風消逝
　　　　隨風作最後的一聲歎唱
　　　　不是刧數　自然公平的休止符
　　　　何必求他舍利或什麼永恆的涅槃
　　　　或者五百年後　鳳凰會誕生

　　《那尾烏頭躺在碟上》結尾兩句：
　　　　反正　天地人間　神明及上帝從不過問
　　　　什麼是生命　可憐和悲憫

這些開闊宏大的文字，使得李藏璧的詩歌藝術充滿浩大之氣，令人神馳思騖，令人屏息懾氣，令人感佩造化。這是他詩歌文字申放的一面。另一方面，藏璧詩歌文字亦可收縮聚焦於微細事物與及婉約感情。不論是一花一葉，不論是市區一角，不論是閨情蜜意，不論是音聲言笑，都寄托著、灌注了詩人通過藝術而昇華的濃情細意。〈草坪上的回憶〉有這一段：

> 怎可言喻及描繪你低哺的溫柔
>
> 深邃的髮鬢
>
> 兩顆幌盪盪的耳墜
>
> 搖擺着二十歲的青春
>
> 閃爍着誘惑
>
> 厚厚朱唇　白襯衫　紫色的碎花布裙

精緻的描寫透露婉約而又濃厚的情意，餘韻如篆香輕煙般繚繞迴漾。又如〈那一襲香雲紗〉首段：

> 輕輕盈盈　隱隱約約沙沙
>
> 夏末涼快　從那雕花跋步床姍姍走過來
>
> 惺忪嬾睡的姿容　妳
>
> 一襲棕深紫紅的香雲紗

聲音、雕飾、姿容、顏色、質料都透過精煉的文字起現在讀者識想之中，玲瓏細緻，可感可觸。即是說藏璧詩歌文字藝術有擴展性及收縮性兩個維度。如果套用傳統詩話用語，他的詩歌便是豪放與婉約兩種風格兼而有之，實在難能可貴。

新詩沒有受制於舊詩格律平仄的規限，基本上是自由詩體。中國新文學運動以來，新詩創作道路的開拓者亦矢志於打破舊詩的格律樊籬，希望藉此達致詩歌創作的解放與突破，以適應新的時代和表達現代人的思想感情。不過，詩歌創作畢竟是一種藝術，而藝術追求美及美感。詩歌的藝術美感主要來自意象和律動。舊詩格律音韻其實都是為了營造詩的律動節奏美而設的。雖然摒棄了舊詩格律音韻，但是新詩還是需要音韻律動的，否則新詩的美學價值就會大打折扣。李藏璧的詩歌當然不是五古七律，不是唐詩宋詞。他的詩作也沒有廣泛使用一般意義上的押韻手法。但是當我們誦詠他的詩歌，便會感受各種不同而又適切的音韻律動效果，這些效果大大增強詩歌的感染力和美感度。在藏璧新一輯詩集的很多作品裏面，不難發現詩人在節奏、音韻、組織上，匠心獨運，費了很多心血，營造適合的、創新的、獨特的律動音韻，配合詩作裏面的思想感情，達致聲情俱茂的效果。在音韻節奏效果上，〈那株白蘭樹〉如回憶般輕靈飄盪；〈茶果嶺村〉如釅茶般醇厚回甘；〈或許　我正在戀愛〉如情人般細語呢喃；〈春天裏的劉三姐〉如山歌般輕快對唱；〈賭徒自白書〉如自語般絮絮叨叨。這些都沒有使用成文的、規定的詩律，而是陶融各種而達致詩人想要的音韻律動的藝術效果，以配合詩作內容的思想感情。

文學研究者每每套用現實主義和浪漫主義兩大西方文學流派的標準來量度界定中國文學作家或作品。結果是否有效與準確，這很難說。其實藏璧作為詩人既有對現實的關注（〈鈔票〉），也有浪漫的想像（〈火浴〉、〈紅太陽〉），而且也有心理的發掘（〈賭徒自白書〉），超現實的幻想（〈或許我正在戀愛〉），可見其詩歌籠括多種藝術風格，不容許一個特定的標籤。這是氣格宏大的文學家才能達成的　格局。我信藏璧之詩作，應可傳世。

以上是對《鎖禁的美麗》讀後的一些感想。李藏璧是有理念、有抱負、有毅力、有才華、有學養的真詩人，他的詩作是深情與風華的契合，衷心希望他能夠堅持高質素的新詩藝術創作，再放異彩於將來。裁七律一首，藉以總結，更表激賞：

《李藏璧新輯新詩集拜讀後感》

綺懷俊句送春天

蕭瑟蘭成感歲年

思舊山陽聞管笛

瘞香洛浦斷箏絃

陶融詩律難羈驥

博洽辭章高唱蟬

萬古江河流日夜

深情風度共鮮妍

（註五）

炊煙山人（吳偉程）
己亥晚春序於香江
2019

註一：　　杜甫《遣悶戲呈路十九曹長》

江浦雷聲喧昨夜，春城雨色動微寒。
黃鸝並坐交愁濕，白鷺羣飛太劇乾。
晚節漸於詩律細，誰家數去酒杯寬。
惟吾最愛清狂客，百遍相看意未闌。

註二：　　柳永《蝶戀花‧佇倚危樓風細細》

註三：　　英國詩人濟慈 (John Keats)《夜鶯頌》
　　　　　（Ode to A Nightingale）
　　　　　及《希臘古甕頌》（Ode on a Grecian
　　　　　Urn）

註四：　　王國維《人間詞話》：「尼采謂：『一
　　　　　切文學，余愛以血書者。』後主之詞，
　　　　　真所謂以血書者也。」所引德國哲學
　　　　　家尼采語出自尼采的《查拉圖斯特拉
　　　　　如是說》（Thus Spoke Zarathustra）。

註五：　　1. 蘭成是南北朝庾信小字。

2. 杜甫《戲為六絕句》之二云：「不廢江河萬古流。」

　　吳偉程，號炊煙山人，又號爨齋，香港大學文學院畢業，退休中學教師。

錯誤

東風不來：三月的柳絮不飛
你底心如小小寂寞的城
恰如青石的街道向晚
跫音不響，三月的春帷不揭
你底心是小小的窗扉緊掩

摘自鄭愁予之
《鄭愁予詩選集》
（1954 年的作品）

第一輯　書懷

雨夜

冷雨灑在臉上
流浪放歌在無聲的夜裏
經年堪驚的命運扣鎖着
月影沉沉

淡水的潮浪
以寂寞悲涼的聲音
呼問着　誰是你　你是誰
誰也是　披一頭白髮
走一趟紅塵

2012 年於台北淡水夜

奈良 你的眼神

漸垂漸沉的黃昏
一千三百年的典雅
平城宮大極殿
可以擺脫咒詛與迷惑嗎
長夜燈點亮了永夜永生

隱隱幽幽的閑靜
山茶花攀過籬園
溫柔的水滴透溪石
神靈飄浮在一座座春日大社
敲一下清脆卻鬱結的鐘聲
伴隨着祝願祈福的喃喃

東大寺大佛殿濛濛沉沉
興福寺五重塔塔影深深
奈良公園裏
安祥的鹿群　不覊的烏鴉　和風
振動樹葉窸窣窸窣的聲音
窄巷橫街　舞伎如跳躍的蛹子
蝴蝶與花影　春日之祭祀

奈良　柔柔是你的眼神啊
已經攝去我底靈魂

註：平城宮，東大寺，興福寺和奈良公園是奈良著名
的歷史遺跡和景點。

茶果嶺村

遺忘　失落在九龍東邊緣
歲月悠悠　風仍吹着
茶果嶺村口　常青長青
永遠的榕樹
永遠呢喃七十年代的時光

長長獨有的大街
寮屋貼着鐵皮屋
靠近公廁污渠　電線交纏電線
尼龍繩夾着晾曬的衣物飄揚
雨水滴漏　魚骨的天空

羅氏大屋　滄桑了金碧高貴
破舊酒莊　瀰漫古老味道
榮華冰室仍賣奶茶西多士

剝落混凝土牆上
一頁褪色摩登女郎日曆

夕陽斜照
人字斜紋屋頂　大麻石教堂
七十歲嬸婆閒聊街坊
小販阿全叫賣魚蛋牛雜檔

窄窄狹縫的巷弄
茫茫外面世界
終於老去　所有的花樣年華
過去的雲煙也是一模樣

木瀆古鎮遊記

露水依然凝聚

淥水依然縈繞

長長柳絲

太湖之濱　香溪岸

濕潤的平樓春日　特別的雨

江南啊　三月啊四月

那段半月孔虹橋

那道水巷淺河　御碼頭

搖櫓的棹船　蘇州姑娘溫婉的歌調

枕水人家　自春秋吳越

時間歎息了二千五百年

我走過虹飲山房

那白牆　幾扇漏窗

無意透出了古典

日影　竹影　花影

臨水一湖渺淼

燭焰似的松花

一樹紅艷欲滴的山茶

幾株在矮籬旁的牡丹

雍容華貴地笑了

我走過羨園

門楹對聯　太湖石　山巖洞

殿簷斗拱　曲榭迴廊

古鈞遺風　誰都會在此處躺雲臥水

欣賞山林野趣　蒼苔小徑

靜觀自然律動

一池凋盡的蓮蓬　正等待今年夏天

我走過老街巷弄　麻石青石的小鎮街道

走過古松園　明月古寺

茶肆陳樓舊宅
聽一首評彈半闋水磨調
吃一口棗泥燒餅
很純粹明清味道

我走過　深深深的幽靜
髣髴　誰　髣髴參悟了
剎那塵世間的美　無情和有情　歲月和生死

附釋：御碼頭乃清朝乾隆皇帝六次下江南所建，而虹
飲山房亦是他下榻和賞戲的地方。羨園即現在之嚴家
花園。在春秋吳越時期，已有木瀆古鎮，誠二千五百
年歷史矣。藏璧於 2018 與其好友三人四月三日至四
日遊記又於四月底定稿。

濟州島

帶有一點兒暑氛的空靈
五月初夏
黑黑黝黝　詭異的立石
十四萬年前天然渾成
熾熱後痛苦的記憶
冷卻又冷凍
以火和冰作解脫

曾經熊熊烈烈的龍頭巖
幾條莽蛇騰轉翻動
一對豺狼狡猾爭獰眼睛
另一隻蒼鷹突然俯衝撲下

龐然獨立的將軍石

一身盔甲　萬夫莫敵的模樣

荷劍挺胸　怒目神威

瞪瞪的看着海說：

我就是勇氣

海的髮線　涉地岬

蜿蜒蜿蜒地伸腰

滔滔崩濤　拍岸浪花

喘喘喃喃流向無垠天涯

藍湛湛　茫茫然一色透明

空澄澈清

流光恍惚　記得這處的傳說：

仙女和龍王子的戀愛故事

海水是他們的眼淚

風　無形無狀　四方八面

冷颼颼的涼意

牛島　城山日出峯

印滿濕潤味道

每一口呼吸都是一箇夢

五六島　醉日酡顏

望着無奈的燈塔

依然紅彤彤不願西沉

不知道　現在正是黃昏

2018 年 6 月初寫於風多　石頭多　島多的濟州

十八丁的風情

叫醒沉醉的風吧

它細描雲和水的茫茫

再伸一伸嬾腰

打一口呵欠　柔柔緩緩

慢調兒　十八丁　慢點兒

慢點兒　夾岸鹹淡海河

流過下午　流過浪堤

流過幾百人家漁船漁港

露根兩邊紅樹林守望着

睡着　過境的鷺鷥

低翔着　翻飛覓食的麻鷹

魚兒潛沉　吐着泡沫

浪的泡沫　河水的泡沫

蜊蚶與匍行中蝦蟹都沒了影蹤

謠傳這兒名稱是以前有十八個壯漢

涉水跨越了十八公里

不　卻是馬來俚語海港的音譯

寧靜　霹靂州的太平

煤灰埋沒了曾經真實的故事

華人辛勤的血淚

英國人第一條鐵路威砵的印記

世襲傳承　錫礦炭窯

熱焚的感覺　它們的氣味

像已近黃昏　飄泊不定的戀情

2018 年遊馬來西亞的市鎮十八丁後記。威砵（Port
　　　Weld）英國人在這兒建築第一條鐵道

大紅花的國度

燦放似火　大紅花的國

翁茂綠色的國　雨林覆蓋着叢林灌木　喬木參天

密密麻麻的棕櫚靠着棕櫚倚着棕櫚都是棕櫚

椰樹矗立成林　葵形鳶尾

寬條潤邊樹葉與樹葉　橡膠樹連綿橡膠樹連延

纍纍實實　甜甜的山竹香蕉

菠蘿芒果椰子　濃到化不開的馥郁金枕頭貓山王黑刺

飄香飄雨　雨稠密驟然的下着

沖淡一陣陣暑氣暑氛

咖啡可可　香料咖哩

都是這裏的熱情戀人

一道人間彩虹

夢想和彩色黏着

像一隻飛翔的天堂鳥

檳城　怡保　霹靂州
長長的水道流入了
馬六甲兩岸分不清海和河
夐遠雲影　啊天際茫茫
印度族華族馬來族土著黑的白的棕色的
美麗的混血和娘惹

曾經　葡萄牙人來了
荷蘭人來了　英國人也來了
吞嚥多少烽煙戰火　十八十九世紀的痕跡
睡醒了吧　馬來西亞

註：大紅花是馬來西亞的國花，可能象徵她的熱帶
風情。

天空之鏡

站在這塊潤曠不是地是沙洲
水也不是水　是片鏡子
有點兒玲瓏有些兒透明
遠處卻是仍黯欲亮的天際
啊　晨曦微茫的雪蘭莪

水漥　泥灘　沙坪
陽光悄然穿過層層叠叠的霞霧
風已擱淺在雲邊
船　剛浮在碼頭的西面

天空之鏡　豈能照見世間紅塵的醜陋

又何必懷抱過去的風塵　昨夜的月色

醒時糊塗　睡也迷惘

夢多　最模糊

靜靜的河口　沒有浪

　　　　2018 年寫於馬來西亞雪蘭莪州的天空之鏡

海珠橋的晚風

你說你喜歡幾乎團圓農曆十三的月
我說我喜歡在沿江長堤散步
你說你喜歡海珠橋跨河的臂彎
我說我喜歡百年細葉榕的鬚蔓

　一箇從北漂來的歌手
　溫柔地唱：風正在吹
　秋天的晚風　確實帶點溫暖帶點冷

你說你喜歡大沙頭那邊
開出亮麗麗的渡輪
並且　廣州城現代燈飾的璀璨
我說我喜歡河南岸畔的寧靜
銅壺滴漏　千年六榕古寺
沙面的教堂　古典建築的優雅

我已喚起鄉愁：

忍辱的租界　曾經日軍的鐵騎

內戰的硝煙

六十九年的紅塵垢面

　珠江河水潺潺

　波瀾淼漫　斑駁的樹影夜色

　風　仍在吹

你說一切將會變成泡影變成夢

我說我已老邁

現在是一箇沒有花的季節

　　　　　2018 年寫於長堤傍的廣州愛群賓館

雲總不愛停留

（2018 年底遊廣東嶺南地區後鄉情滿溢）

雲總不愛停留　只是過客

我卻滿懷鄉思鄉情

澹澹濃濃　似酒又非酒

我的根　在極目看不盡的平原三角洲

佛山南海　順德番禺

中山江門　開平潮州

珠江東江西江北江

魚和米的故鄉

桂花菊花　紫薇芍藥

艷艷千紅姹紫

依依楊柳　嘒嘒蟬鳴

荷蓮夏盛秋殘　松栢常青

百齡銀杏和荔枝樹矗立着

既泥黃又帶點混濁與清澈

河湖溪流　涌濠塘泊

魚蝦貝鱉　桑蠶白酒

田疇縱橫　橋樑埗頭

觀音佛寺　農舍村落

廊軒館榭　樹影山深

馬頭牆　鑊耳屋

蠔殼牆　青磚屋

古老的園林院宅碉樓

琉璃畫屏　泥樓藻井

盆景池亭　牌匾對聯

木雕石壁　陶塑檐瓦

歲月滄桑　像老人的皺紋
我是地地道道的廣東嶺南人
不是雲　更不是過客

第二輯 託寓

星塵

一堆星有幾多克拉的璀璨
烔烔　有幾遙遠的光年
茫茫蒼蒼
像碎金碎銀的閃爍
矜貴的眼神噢

冥冥門扉　天空虛榮但沉默
冰乎火乎　時而亮目
時而消澹
千萬年來乍明乍滅
原來是塊冷漠的面具

十一月　金牛徘徊
獵戶放着白皙的光芒
天狼君臨南方的夜空
那是孟冬的燦爛

銀河暗度　豈有人間眾生生死的漂泊

星辰啊　當你們的背影在清晨沉落

當牛郎織女相隔渺渺

誰主昏耀浮沉

誰掌殞落的命運

註：天狼星（Sirius）獵戶座（Orion）金牛座（Taurus）

克拉（carat）鑽石重量單位

鷹

總是踏着虛空總是逍遙

飛　飛　飛

滿眼是雲影霞影的青天長天

悠悠渺渺

騁馳無垠誇展着豐碩胸膛

兩公尺起起的翅膀昂迎颯颯烈風

似鋼刃橫強的銳爪耀映着陽光

精明剽悍無匹的眼神

猛獅搏兔般懸河急流俯衝 一瀉千里

又時而側傾兜轉迴旋
間而振翅翱翔　吭嘯一聲
縱橫大地　視穹蒼如無物
橫空的霸主啊

命運卻是一枝最銳利的箭
猶如　猶如很多英雄殞落的故事……

鎖禁的美麗

你流麗而嫵媚
很成熟女人很現代的
直盯着我的醜陋
一瞬間　空氣凝固

淺淺的　永不凋謝的一朵笑容
誘人潤唇　滴着四月春天的氣息
蛋臉紅暈　兩箇酒窩深深印着嬌嗔
你應該是箇明星或名模

我知道　你已經凍顏
你已經　人間不老
印在油油亮亮的廣告硬照裏
只有呆困在燈箱內的無奈和寂寞
走出來吧
如果你是聊齋的畫裏真真

不惑又迷惑的糟老頭

不敢面對真實的血肉青春

只可欣賞紙上玫瑰

奢侈但尷尬　秘密地顛倒夢想

誰又會令我想起美艷和動人

四十年前的她　和山口百惠

　　　　　2018 年 3 月 8 日婦女節寫一寫女人

苦瓜

多少歲月的風雨
千露百霜
苦苦的磨煉
皺面上　大疙瘩　小疙瘩
小疙瘩　大疙瘩

多深刻的痕跡啊
醜得多麼有性格
醜得還自然可以
晶瑩碧綠　成熟通透

誰説過：
一生不要過於安逸和甜膩
半生瓜　就讓下半輩子啖嚼苦澀吧
那無可逃避的滋味
卻帶着一些清涼　一種莫名的豁達

火浴

普羅米修斯盜來的精靈
或橙或紅或紫藍燃至透明
如幻影般跳躍　不羈放肆
亂竄狂吻的舌頭

熊熊烈烈　旺盛而且迷離
擁抱你耳朵　頭髮和眼睛
擁抱你傲氣不凡　生前的信仰和愛戀
再擁抱你成一架稜白白的珊骨
然後頹然塌陷
一撮黯沉卻乾乾淨淨的灰燼

塵歸塵　隨風消逝
隨風作最後的一聲歎唱
不是劫數　自然公平的休止符
何必求他舍利或什麼永恆的涅槃
或者五百年後　鳳凰會誕生

註：希臘神話的傳說，天神普羅米修斯從天上盜來火
種傳至人間。

風箏

飛了　飛上冥冥青天

飛上輕浮的雲端

不由自主地徘徊

欲斷未斷的絲線

飄蕩在曠寂的虛空

飛得愈高愈容易墮落

天上人間　一模樣的寒冷

日影灰白　霧靄黯沉

朝任何方向祈告亦是一般的結局

命運　就交給風吧

白蓮花

揖謝長長盛夏
你　開盡了一生芳華

曾在雨中亭亭
曾在風中綽約
濯濯漣漣的淥水
玲玲瓏瓏的蓮房
連天綠葉覆蓋
素衣綃裳　複瓣雪肌
吐着芬香幽雅的菡萏
自憐傲立地燦放

我是你今生的知音和戀人
清賞你不可方物的雍容
美麗而瀟灑的靈魂
看着你　滌漂我一切凡塵俗念

幾許西風　霧寒露冷

無可奈何的凋零且萎殘

但我願守候在池畔

等月落星沉　等來年夏季

等你輪迴再世

那尾烏頭躺在碟上

黃膏油　混合濃濃紹興酒
檸檬香　盈溢一桌
舉筷嚐一口　頂好鮮美滋味
然後　急急忽忽再下箸兩口

麻木無光無神泛白白浮呆呆的雙眼
皮爆肉裂　黑色壯厚脊背
無力躺在硬實實的大碟上
拌勻些糖　醮浸些豉油醬汁
幾乎忘記了　你叫什麼名字

無人稽究關心　你如何遭遇且不幸
也曾掙扎啊傷痛了多久
是否落在緊纏纏的繩網
或者扣在那倒豎尖刺狠辣的釣鈎
真的忘記了　你來自那箇江湖

一葉舊報紙包裹你的死氣與殘餘

丟掉你骨稜稜的頭共尾

今晚剛用白菜價錢就買你回來

任我宰割劏屠　　滿足我食欲口腹

反正　天地人間　神明及上帝從不過問

什麼是生命　可憐和悲憫

番石榴

剛從明媚暖艷的夏季甦醒過來
你是箇帶有撲面香氣的番石榴
沒有故意賣弄色相
無法形容那種特殊味道
多嫵媚　多麼甜

執迷不悟啊
我怔怔的凝視
願永遠執迷不悔
只想狠狠地深深咬一口
你　胭脂的面龐
多誘人心動戀愛的感覺

小貓咪

夜色已垂下
墜落在窗簾　又墜落到你的眼簾
你像被催眠　眯成一縫線
安靜而寂寞
一覺無端卻神秘的矇矓混沌
怎樣也拍不醒你那沉沉慵懶

忽然　伸一伸柔軟的腰
甩一甩頸旁茸毛
聳聳背肩　蹤身躍跳
竟然　神龍見首不見尾

閑事不掛心頭

最好是寒蟬不知四季

只要逍遙就得意自在

可能你已明白禪機

小貓咪　你是莊周

抑或是悠游天地的翩翩蝴蝶夢？

賭徒自白書

不管是高壓脊　低壓槽
或是藍天白雲　或已經窗外灑下
沉悶的雨　多無聊一撮一撮閃爍繁星

誰人是我的守護天使　我沒有信仰
只信　其實信不過
那箇名叫運氣　出沒無常的傢伙
三顆滾動動跳躍躍的骰子　倒是
我的依靠依賴　我的神
花花耀眼奪目的鈔票　像江河和瀑布
流通全身血管　威尼斯人
金沙　那門口有一隻高貴獅子的美高梅

銀晶晶大廳內　很多眼睛發了狂
骨子裏都是貪婪任性
誰都不會承認自己的弱點和錯誤

來一杯薄荷　再來一杯威士忌

賭輸了喝醉了　無眠又如何

還有明天後天

一剎那　中古時代武士的對決

狠狠衝刺　痛快　真痛快

一招了結　我修煉成日本的天涯劍客

過了茫茫大海　啊　大海茫茫

屏住呼吸　屈一屈指頭

拍拍胸膛壯壯膽子

面前堆堆叠叠的籌碼

可愛又真實　可以買到窮人半世的生活

來箇八點九點　莊家閑家

樂不樂　百家樂　幻想假象真相

很快的　半分鐘可以買了五十萬元的法國伯爵錶

三十萬元的漂亮羊皮包包愛馬仕

親愛的　就賭這一口

我　拼了命舔了血的一隻豺狼

醉人的燈光夜色　今生何世

何世今生　鼎沸人聲頻頻喝采

豪氣干雲霄

無限風光　就在險峯　不知是誰説過

無悔無恨無怨　這種滋味你們不懂真不懂

末嚐過　新葡京　巴黎人

奢侈華麗的四季酒店　多過癮

這個世界總不了解　我的氣概
我的孤獨　其實説穿了
我們都是過客
一生和命運拔河

鈔票

豐豐滿滿緊貼在錢包裏
感覺溫溫軟軟
明天的需要穩定安全感啊
拍一下　爽爽

偉大英雄元首或財經重臣肖像親筆
簽署那下欵多麼重多麼瀟洒多麼酷
金屬線是亮閃亮麗似一條小蠻腰
似充滿魅力的女人飽歷如許滄桑滄桑

雖然喪失了廉恥和貞操

怎會紅顏衰老　就算幾深皺紋摺痕也非常可愛

尤其是想及數字的內涵

拚一生都欣賞過癮　樂樂

毋論紅啡綠黃　沉暗鮮麗　國籍圖案

怎嫌棄計較　祂總發出耀眼奪目

刻骨銘心的光芒　騷動的腦海和靈魂已深深被電痙

淺隱隱的水印　可以縫封任何傷口

不要誇口驕傲説不為五斗米折腰

其實他可以買下你我的自負自尊自命不凡

什麼面子什麼謙虛仁義道德　只不過

且看多少千克的重量份量和某個數目　哈哈

一叠叠　再一堆堆的誘惑自然傾慕無限

常人百姓公侯伯爵位高權重必會

無可抗拒必然投降

願意唯手聽從　諾諾

噢！大家都真誠衷心崇拜和信仰這個人間上帝

2018 年 12 月 24 日聖誕前夕

那一襲香雲紗

輕輕盈盈　隱隱約約沙沙

夏末涼快　從那雕花趺步床姍姍走過來

惺忪孏睡的姿容　妳

一襲棕深紫紅的香雲紗

流光照壁

冉冉歲月啊已經數十年

妳曾在江湖　瀝幾多次莨水

浸濯　煑綢　一過二過

封莨　曬莨　水洗　三過四過

抖脫了塘坭

飽歷了水的滄桑

染透了多少紅塵

呼吸過多少俗埃

然後煥然　另一種漂亮

燭影微燻　隔世前生
妳暗暗婀娜的風情氣韻
恰似那襲　噢那團香雲

那處　碧江對岸的賦鶴金樓
畫屏傍　窗欞下
一盆剛凋謝的海棠

註：香雲紗產於佛山順德的綢緞，是三十年代的高檔
時尚服飾、又名＂響雲紗＂，穿着行路時沙沙作響、
婀娜多姿。製作工序非常繁複，經過浸、曬、封、煮、
洗，歷時十五天才完成。2018年遊佛山及順德之碧
江金樓後寫

紅太陽

焚燒着一大團氫

髣髴熱情儘量都散發掉

渾身電磁電波　你這箇巨瞳

火噴噴　沖沖騰騰

閃爍灼眼的鎂光

竟然活了四十六億年

不敢直望　蛋黃般的彤彤

氣餤高張的氤氳

你底眼皮下無事新鮮

亮燦燦　千絲萬縷

四射出金線和箭芒

有時暖意洋洋　間歇狂暴猛烈

霜雪的日子　又躲在陰霾背後

真想喊你出來

盼你露面　便是一片白雲藍天

徘徊北半球赤道南半球

春分秋分　立夏冬至

不分晝夜朝夕晨昏

知否人間冷暖

東昇西落　準時的老忠實啊

時光與容顏易悴

世界世情終必變改

而你　卻是一箇永遠的傳奇

貓山王

七八月　高高掛在大芭山森林
等不到茫亮茫亮的天明　夜半
自然熟透　卜通卜通滾掉在網裏地上
檳城浮羅山　老虎山及霹靂州
榴槤飄香的季節

今晚　她　剛來自馬來西亞的老樹
　厚皮硬殼　稜稜扎手三角尖刺
　黑青褐綠　底部一塊五星形錢印
　墜墜墮墮　沉甸甸約二十公斤
　似卵團凸凸畸胎　絕不窈窕

開莢後　濃烈郁郁四溢
　橙白澄金　乾包皺肉
　輕吮慢啖　齒頰留香

略苦帶甘　軟黏稠綿
然後喉嚨口腔滿滿的愜意甜蜜

我垂涎更饞嘴　親一啖芳澤
吐出扁薄帶衣的種子
成熟女人般誘惑
幻想着那種瘋狂
溺愛與流連的感覺
順且問候你的親屬姊妹
紅蝦　黑刺和金枕頭

註：貓山王、紅蝦、黑刺和金枕頭均是榴槤的名稱，
味道各異，箇人喜好不同，筆者最為傾愛貓山王。老
虎山是貓山王的源產地。

第三輯　素描

那一隻鳳凰

悼念大詩人余光中

他的記憶像鐵軌一樣長

在廈門街窄窄的巷裏蝸居

黯淡的窗下

吐盡桂花芬香

深情不斷的藕絲和蓮的聯想

然後獨力彈奏特色的敲打樂

掌上雨　逍遙遊

晶瑩剔透的眼睛

夾着五陵少年的風采

窺探文字魅力和奧秘

拉長拆碎再併湊

英言華語　既文且白

總是吐屬鏗鏘　清澈玲瓏

閃爍璀璨　像月光星光流瀉

流瀉在寂寂的長街

再聽聽那冷雨

寂寞而孤獨的歌聲

彷彿穿越黑夜禁錮

真正屬於黎明曙光的呼喚

一甲子的輝煌　傳薪授業

翻了千頁萬卷經書典籍

吞吐了多少惆悵與胸襟

長江黃河　蒼茫神州

兩岸三地　卻添了不少鄉愁

終於他化成藝術殿堂的白玉苦瓜

像一箇守夜人

一箇永不瞑目的靈魂

守着祭酒的酒　那供奉文學的火炬

與永恆拔河

我們的記憶像鐵軌一樣長

記得東方最美麗的一隻鳳凰

抖動了一身翡翠的羽毛

燦如寶石　絢如朝霞

隨意的口哨　就如響徹的雙簧

婉轉傾訴：他曾怎麼樣怎麼樣飛翔……

2017年聖誕日向剛逝世的大詩人及散文家余光中

致萬分的孺慕和敬意並完稿於香港

成吉思汗的笑聲

茫茫極目不見天邊的地平線

無盡無垠廣袤的草原

剽悍而勇猛的蒙古蒼狼

馬背上　　馱着豪情干雲和壯志凌霄

藉着長生天的佑蔭

太陽的光芒　　大海的胸襟

沒有疲倦的眼神　　鐵木真

班朱尼河流着熱血熱淚

征服了蔑兀兒　　乃蠻

解決了王汗和札木合

打敗了西夏西遼和大金

統領八百多年前的大漠族群

亂草不再嫵媚

低頭看不單只是牛羊及帳包

百戶千戶萬戶

是箭矢是快速亮刺刺的箭

是刀斧是鋒利閃閃的刀

是兇狠似疾風的鐵騎

幾十萬大軍旌旗處處

縱橫百里千里萬里

沙在響着大地翻騰河水嗚咽

是像狂風暴雨烈焰沖天衝過

高原冰原山脈沙漠

雄風豪氣萬丈　　踐踏所有的石頭和城池

箭石如蝗　　刀劍亂砍

殺殺殺　　嘯聲叫聲喊聲

花剌子模　高過車輪的男人都被砍下頭顱
報復了使臣被燒鬍子的仇恨
希哈拉　撒瑪拉罕　玉龍杰赤
土崩瓦解　灰飛煙滅　鬼神啾啾

成吉斯汗　蓋世無雙的一代天驕
幾箇世紀的笑聲　又如何
又如何　數十年沒有
安妥安穩的熟睡過

王子大婚——新娘梅根的獨白

我倆現緊緊戴上百年的承諾
在指根末端的指環
威爾斯黃金與白金
是怎麼樣的永恆　見證和信任
你真是一面緊張的英俊
穿着藍軍皇家騎兵團的制服
偉岸氣傲　我驕美的丈夫

白玫瑰攀滿聖佐治大教堂的籬旁
鐘聲響徹　六百名皇家親朋都是王孫貴胄
十萬人歡呼吶喊　夾道兩傍艷羨我幸福的目光
傾心凝視　凍住這一剎那吧

這時世界頓然變得光明且美麗
這時　什麼夢境已成真
什麼怎樣也說：我願意

我只有最樸素的裝飾

只是靈性特別澄明乾淨

只穿純白絲緞　長長裙裾

蕾絲袖透透

頭頂可是瑪麗皇后的鑽冠

古典味道　最不平凡的感覺

一束花球毋忘我

毋忘我啊毋忘我

深深一吻　一吻進入彼此底靈魂

是人世最貴重的銘心印記

溫莎古堡的的達達的馬車漫遊巡行

祝福你我祝福天下有情人

讀經奏樂高歌　騷靈經典

三歲公主夏洛特　四歲王子佐治

天真純真的花女花童

我的王子變成了普通人

是否可以毋論貧窮富貴　環境順逆

健康疾病　至死不渝

那確是天下罕有　心底

是否仍有一股猜忌的熱流？

我眼泛淚光　喃喃自語

哈里　我鍾情而且永遠愛慕你哈里

我底薩塞克斯公爵

知否你娶了一顆最閃亮的星星

但你亦要照耀她一生一世

希望如雅歌所說：

眾水不能熄滅　洪流不能冲天

註：

梅根 （Meghan Markle）

哈里王子（Prince Harry）

薩塞克斯公爵 （Duke of Sussex ） 婚後 封的爵位

藍軍皇家騎兵團 （Blues and Royals ）

最後兩句出自舊約聖經雅歌詩篇

威爾斯黃金：女皇贈予梅根的指環

白金 ：她贈予哈里的指環

騷靈：倫敦福音合唱團演繹騷靈經典（Stand by me ）

寫於 2018 年 5 月 19 日英國哈里王子大婚、

10 月 12 日定稿

春天裏的劉三姐

(觀看 2018 年香港舞蹈團之《劉三姐》五天後作)

立春時分　茶山滿谷

茶樹滿園　茶香滿樹

都是曾經親手栽植

啊　桂林灕江的河水　汪汪漾漾

葡萄藤　青竹竿

壤垣蓋屋　開倉牧養

一層白雲　一層天色　剛泛微茫

雨落在廣西的大山上

壯族的姑娘

喜歡山歌對唱：

　(嘿⋯嘿了了囉)

　(山頂有花山腳香)

　(橋底有水橋面涼)

（山歌好像泉水流）

（沖破長堤泡九州）

（嘿⋯甚麼水面打觔斗⋯嘿了了囉）

（甚麼水面起高樓⋯嘿了了囉）

（甚麼水面撐陽傘　甚麼水面共白頭）

（嘿⋯甚麼水面撐陽傘　甚麼水面共白頭）

平基造廟　開渠作灶

這是美好的雨水時光

（嘿⋯鴨子水面打觔斗　嘿了了囉）

（大船水面起高樓　嘿了了囉）

（荷葉水面撐陽傘　鴛鴦水面共白頭）

（嘿⋯荷葉水面撐陽傘　鴛鴦水面共白頭）

阿牛哥和三姐　似水似雲啊溫柔

戀愛躲在那株大榕樹背後

愛戀啊戀癡到了驚蟄

塞穴斷蟻　結網捕魚

（山中只見藤纏樹）

（世上哪有樹纏藤）

（青藤若是不纏樹）

（枉過一春又一春）

春分的泥土特別鬆特別香

安門動土　伐木造橋

樸實的姑娘最自在　刻苦的農民又勤勞

山間田間　溪畔船頭　茶餘飯後：

（如今世界實在難）

（好比灘頭上水船）

（我是山中砍柴人）

（我是園裏採果人）

（嘿⋯甚麼結果把娘頸　嘿了了囉）

（甚麼結果一條心　嘿了了囉）

（甚麼結果包梳子　甚麼結果披魚鱗）

（嘿⋯甚麼結果包梳子　甚麼結果披魚鱗）

雨紛紛的清明啊

間歇陽光間歇穀雨

下種齋醮　祭祀祈福

祈禱神靈賜佑　但求風調雨順

　（嘿⋯木瓜結果把娘頸　嘿了了囉）

　（芭蕉結果一條心　嘿了了囉）

　（柚子結果包梳子　菠蘿結果披魚鱗）

　（嘿⋯柚子結果包梳子　菠蘿結果包魚鱗）

劉三姐今年最開心
山歌對唱了更多：
　（你歌哪有我歌多）
　（我有十萬八千蘿）
　（只因那年漲大水）
　（山歌塞斷九條河）

給秀實──那隻非常孤獨的貓

縱使冷凍如冰　又似火燒太陽底熱情
你是一口吶喊後疲弱及乾枯的井
灰茫茫長街幾乎沒有盡頭
月盲目無端游蕩在如許漆黑的夜空

過去沉甸甸已成夢的包袱
已凝結多年的往事
有時會驀然解凍侵襲
也不知將來的命運怎樣和你算帳

如果沒有希望就沒有絕望
一切都被關在時間牢籠的夾縫
只賸下一隻貓　及牠的自我
巡邏在深巷的某種孤獨

牠的瞳孔永遠永遠眯成一線

緊閉的　日與夜彷彿糾纏不清

若是牠躺在無風缺雨的荒原

只看著繁星無奈地閃耀

註：秀實——現代派新詩詩人，一個擁有灰色和彩色超現實夢的作家，詩句中的語調充滿人生無奈和輕嘆，亦帶點流浪天涯歌手的氣質。當讀完他的兩本詩集《荷塘月色》和《與貓一樣孤寂》後，自然有無限無盡唏噓的感覺。2018 年 12 月 27 日藏壁識。

仁青德哲與他的藏香

點燃了千年蘊藉空靈
青藏高原草木的香氛
飄盪啊似天空纏綿的淚水
出岫的雲影總是嫋嫋依依

經過火細膩的洗禮
焚身的記憶
那麼婉轉　短暫的溫馨
唸百千萬遍大悲咒吧
你終會一天開悟開竅

仁青德哲　踽踽獨行
喜馬拉雅脈脊　布達拉宮
拉薩　吞巴河　尼木地
磕過多少次頭　五體投過多次地

轉過多少轉彎迴的神山

涉水過溪　再越嶺

向藥草微笑和說話

許四十八箇願

虔誠一輩祀奉一生

歲月剪輯了

一身黝黑魁梧

一箇像樸實佛珠的上師智者

條條線似的香泥　從犛牛角

裏面擠壓出來　榆木蜜蠟丁香雪蓮

香栢琥珀與及藏紅花

添加點檀香沉香紅景天

無污無垢的山泉汛　雪山水

含藏佛的智慧和點化

我的幻念與夢想啊　再不七倒八顛
當嗅到那繞柔的絲縷　滿滿佛偈禪味的藏香

註：仁青德哲——是西藏著名的藏香師，非常虔誠的
佛教徒，一生的工作就是製作和銷售藏香。據説藏香
可以淨化心靈，驅邪消災。尼木是西藏藏香的發源
地，而吞巴河谷是大部分藏香製作的地方。2019年
元月寫。

她

抬頭　舉一杯襯着溫柔的笑容
微濕的嘴唇　西方的夢露

她説：
你只不過是條東方古典主義
　憂鬱的蠱蟲
　不懂流行和浪漫
　不敢闖紅燈
　不敢高聲喊罵
　不敢超現實
　不敢耍流氓
　更不敢發酒瘋

她說她是朵雲　早已支離星散

是窖藏多年的玄冰　永遠不會融化

就算痛飲今晚星光夜色

就算我怎麼樣的癡迷傻氣

怎樣怎樣的

只是與詩和幻想談戀愛

第四輯　嘆喟

寂寞是生命的敲打樂

命運　硬得似塊石頭

寂寞　像條被子包裹我

下弦月　暗澹澄黃

貼在薄薄玻璃的窗口

裸露在莫測高深

黑莓一樣的夜色

星星　微弱地呼吸

輕鬆但平靜如湖

偶爾總有些兒洶湧

懶慵慵　照照鏡子

其實自己只是自己　別人總是別人

我　獨自奏最後的敲打樂

那株白蘭樹

一九五八
宋王臺公園　譚公道
長長的街衢　鞦韆搖蕩
春天的手正撥弄
偶爾飄香的那株白蘭樹

窗外遠處
雷聲霹靂霹靂地捶着
又落下當年濛濛琉璃三月的雨
綁不住的回憶：
那只翱翔雲端　卻斷了線的紅色大紙鳶
嘻笑中　草叢裏　撲捕蝴蝶蚱蜢
窄巷木櫈　沉醉連環圖書

屋樓下叫賣飛機欖

攤檔上　甜甜的白糖糕芝麻糊

街頭街角　香噴噴的炒栗子烤蕃薯

獨箇兒　嚐着冰涼涼的雪棒條

懷念在巷口喊我名字的小姑娘

懷念喧鬧　流蕩　不羈的童伴

美麗的糊塗　最斑斕的時光

忽忽已過一甲子

夢中的那株白蘭樹

你在哪兒？

無題

曲徑橫斜　寒徹徹二月的雨
任性的風　總吹打那些搖晃凋零的樹葉

驚蟄後　漫山遍野
卻特別紫　特別紅
都是春天一般的模樣

一隻烏鴉　不經意的
飛上她的墳頭
想起　過去榴花照眼的日子

或許　我正在戀愛

應該是中了蠱
飲了　那酒醉深深的眼神

沒有邏輯不講道理　理性思考全是廢話
當瞳孔的倒影都變成羅密歐與朱麗葉
當每日不是單調的每日
當白晝變成黃昏
當春風拂過樹梢都會染綠
我們在一塵不染的香格里拉
香格里拉

這種滋味感覺豈可形容　豈能
跟誰可以細細描述
不知所措　失憶分神矛盾
又胡亂猜疑說謊承諾

但真正的情人
必然胡亂說謊

想得那麼深刻又那樣細膩
又想得隨隨便便的糊塗
眼中心底只有一朵牡丹
其他都是平凡尋常的芍藥

旁人怎可置喙世俗焉能評論
說她曾經是怎麼這樣的女人
誰管肖龍肖豬肖鼠
誰管時間
枕着沉沉深夜直至曙光
寂寞　我們共同咀嚼　寂寞

今生來世　來世今生

尋尋覓覓　倒流的過去

覓覓尋尋　聽一曲失散遺忘的廣陵散

時光不再倒流

容顏已經消逝

迷醉啊迷惘　迷惘啊迷醉

令人疑惑的火光

當滿天月影滿天星星的閃爍

或許　我正在戀愛

草坪上的回憶

黃蜻蜓　紅蜻蜓

遼闊無邊的草坪

翻飛逐風　在蔚藍的天空

在青澀的夢裏

停在枝梗梢頭

長夏時份　蟬聲噪鬧

荷池默默

停在亭亭綠蔭的台灣相思樹下

怎可言喻及描繪你低嗔的溫柔

深邃的髮鬢

兩顆幌盪盪的耳墜

搖擺着二十歲的青春

閃爍着誘惑

厚厚朱唇　白襯衫　紫色的碎花布裙

燦艷的火光　恍惚的眼神
現在　我只是箇歌罷舞罷
晚醺垂暮的老人

四九年那晚夜

（感懷家國六十九年）

天狗終於吞噬了日頭

白雲山的雲靄鬱鬱陰暗

六榕寺塔旁堆積一地衰殘紅葉

正透露寒流席捲北面的消息

沙面　英法租界　沸沸揚揚

戰爭已不是謠言　嘴唇如火傳遍又傳遍

狂風翻動　渾濁的珠江更泥黃

南方一隅的廣州城在睡夢中驚醒

美麗曠世的激昂口號燃燒着烈燄燃燒着理想

浩浩蕩蕩　磅磅礴礴的革命仿若潮水

滿天飛沙滿眼迷濛

我們用耳朵來咀嚼

淚眼對望着淚眼

說不出的嗚咽

黃金細軟　該帶走的豈能帶走

賸餘性命和渺茫

鶉衣百結愁腸百結

乞一餐糧求一口水

折天催地的難測命運誰能掌控

誰可以相信誰

當非常動盪的隨風之變幻

髣髴你是一隻螻蟻的渺小

澹澹的月沒有顏色

響亮又惶恐的警報

徬徨蜂湧的群眾
剛麇集即亂作一團
　（父母哭叫失散的子女
兒女喊着流離的爹娘）

遍地瘡痍　狼藉的鞋子
童年背負着回憶的傷口
慘痛錐心的芒刺
我搭上二更的火車
牠像一條灰鼠　沉默地
就在這樣的黑夜中竄突過去
竄過冰凍凍的十二月冬天
竄進陌生的香港地

2018 年 8 月 3 日　　家國感懷六十九年

死亡的傘下

一把衰弱枯謝的傘

蝙蝠的翅膀垂下

密密　綿綿　澎湃的雨

穿插在漆黑　漆黑前後無盡漆黑的巷弄

追逐空茫的風　在鬢間呼嘯

水從屋簷涓涓瀉下

躺在纏綿多年的病榻

仰面是你　淌淌的眼淚及

最後無奈不捨的眼神　投向

投向遠處　那處有一盞孤燈亮着

等待我　瀕死彌留

太多的過去　無從描述言喻遙遠的過去

不知原來愈情深　愈苦澀

今夜　在一箇沒有星光的天空

我將黯然離去

誰會溫柔一笑

（二零一八年，即戰後七十三年，八月六日為原子彈
轟炸廣島紀念日，誰會憐憫那些靈魂！而1937年日
本曾在南京屠殺了三十萬中國人。）

誰會溫柔一笑
他的耳朵你的臉不見了
我不知道我是誰

血正銳嘯
一百萬度太陽高溫
眼神經陣陣螢火光
半秒鐘颳起龍捲風半秒鐘強爆閃動
鉛的味道　核的味道
燒焦的味道　那是　死亡的味道

二十多萬廣島八萬多長崎　楚楚無辜
美麗銀閃閃　那架 B29 美國惡魔
落下　阿修羅地獄　落下
最殘酷和最無情的毀滅

濛鴻天空
無法合攏的眼睫
菇雲層網籠罩下
再不能喊孩子　喊爸媽
喊任何親所愛
你們只留下黑影　像門口的樹和
那條狗

然後化成一堆白骨化成灰燼或猝然氣化
遍地哀鴻遍野餓殍
一張又一塊的殯屍布

噢　喝一滴水

就喝黑雨吧！

美國　卻有成功掌聲慶祝的啤酒

上帝啊　答案在那裏？

是否答案在風裏？

南京啊南京

天狼星黯了澹了

紅白色的太陽旗黑了

白稜稜冷凝凝的武士鋼刀

砍下劈下　砍下砍下再砍下劈下

一箇箇血淋漓的腦袋和靈魂分家

從山坡墜下　泥坑河流

染紅每寸土地

朝日新聞　兩箇軍官爭相誇耀：

我的刀鋒比你的鋒利和殘忍

我的刺刀可以捅死拋向空中的嬰孩

我的刺刀屠殺幾多的老弱

他們的罪：手無寸鐵

習慣了　軍國主義

舐血　嗜血　冷血

理所當然　奉了天皇的命

被強姦的子宮，被強姦的柔弱

肆意訕笑嘲弄及踐躪人的尊嚴

三十萬　八年後報應的數字

天應該塌下　地應該深陷十八層

公義的上帝　掩面不顧

人類的醜惡與祢無關

依然偉大仁慈

於是蒼茫沉默蒼生沉默神明沉默

七十多年的傷疤和痛恨

如浮雲浮夢消逝

那天的蟬聲很吵耳

那箇夏天很吵耳

誰會溫柔一笑

釣者之言

凝望着遠處的雲
獃呆在這河泊一角
四周渾濁而且渾沌
只願釣一竿的澄明和寂寞下午

你是一條悠游在幽暗中
不見底的沉潛
閃閃銀鱗　身影矯捷
無睫卻亮麗的眼眸

我不是饕餮
不想餐嚐肉鮮
坐在這裏是等候和磨煉
殺掉的是空閒和孤獨

我曾經釣過

一生茫然無盡的幾箇夢

你我都是魚啊

世間有種種的餌

當我咳嗽時

已淪陷的腦袋悶漲

乾澀癢痕蜷伏在氣管　偶爾

擾人清夢的夜半　嗆嗆又狺狺

痰涎扣鎖着咽喉

應該有幾條小蟲　不

是毛茸茸的線絨　隱隱匍匐匍匐的爬行

緊緊喘接的呼吸

血壓迷失方向　脈搏速動急跳

缺氧的鼻竇塞閉　我

聽到肺葉在哆嗦

原來一生的千災百害

數十載的沉沉怨氣怒氣暮氣積壓在橫膈膜

五臟六腑埋藏了多少的不安不平不快

醞釀許多許多的憂慮抑鬱和噩夢

● 146 ●

咳出來吧　縱使帶血

咳出來吧　那一條鯁卡在幽暗裏的什麼什麼

喝悶酒

好　好一瓶老白乾
任性傾盡這杯　讓我自語自醉
月不滿窗　月已西斜
人間邋遢　亂七八糟

任我今晚　就讓我今夜
　暧昧　糊塗
　風騷　迷失
與一箇女人

窗旁小語

天剛微亮　六點鐘
昨夜半夢半醒
繁星已沉落
一陣秋風驟然吹過

照一照鏡子
七十歲　也是一般老模樣
透過玻璃看灰濛濛的世界
窗外總有棵陪你的孤獨

北角之戀

熟悉的街道店鋪
普通平凡行人面
叮叮　叮叮
電車來了　又走了

唐樓西廈
隅居一角的山城
香港樣式混合著閩南風情
堡壘街　糖水道　放電影的新光戲院

剛破蛹的蝴蝶　十八歲
燃燒著青春
她　有一雙很純潔很漂亮的眼睛
靜靜的　憂鬱地微笑
叮叮　叮叮
電車來了　又走了

七姊妹道　琴行街
那陣子麗池附近
饑餓下午在麥當奴
曾經漂在碼頭海旁的夜裡

無形之手　與時光總愛欺騙
永遠抹不去的影像和氣味
叮叮　叮叮　匆匆五十多年
電車來了　她卻走了

2019 年 2 月 19 日　曾經寓居北角十多年，在此地成長，教學，遇上像朵白蓮花妻子，沒有其他地方比這處更親切和令我懷緬，多麼溫馨和美麗的山城！每次偶爾經過，都會情傷莫名，回想一切往事！

後記

　　《鎖禁的美麗》是我個人的第三本詩集。新醅是
否佳釀？且待諸位品嚐和評價。

　　我喜歡詠物抒情託志，借他人酒杯，澆心中塊壘。
且看唐李商隱之〈詠蟬〉

　　本以高難飽　　徒勞恨費聲
　　五更疏欲斷　　一樹碧無情
　　薄宦梗猶泛　　故園蕪已平
　　煩君最相警　　我亦舉家清

　　以上的一首五律就是描述自己清高、失意，難掩
哀鳴，到五更已乏聲力；借物喻己，託寓淒涼心意。

　　北宋蘇軾貶後亦有佳作。黃州定慧院寓居作之
〈卜算子〉：

　　缺月掛疏桐　　漏斷人初靜

誰見幽人獨往來　縹緲孤鴻影

驚起卻回頭　有恨無人省

揀盡寒枝不肯棲　寂寞沙洲冷

　　東坡以孤鴻自比，正是謫居時愁懷寂寞，悲酸冷落難遣之情的寫照。

　　及後，南宋陸游，他何賞不託梅自況。〈卜算子〉詠梅：

驛外斷橋邊　寂寞開無主

已是黃昏獨自愁　更著風和雨

無意苦爭春　一任群芳妒

零落成泥碾作塵　只有香如故

　　全篇貌寫梅花，實寫放翁內心人格高潔自賞之自畫像。

　　佛說：緣起緣生。我在七十歲後，才信因緣宿命。記得中學二年級試後的一堂課，當時化學老師在黑板上板書並解說陸游之〈釵頭鳳〉，自始著迷詩詞。及後中四碰到恩師陳碧如，她誇獎我的文章，並諄諄善導我認識文學；把藏書全數借我閱讀；於是由啟蒙、研究、寫作到執著，終身不渝不悔。到了師範學院，又遇上喜歡新詩的胡其石、郭善伙，開始接觸余光中、鄭愁予及周夢蝶等作品，時年一九六五。上述種種，因緣際會，愛上詩藝創作，似乎命中註定。

近這兩年，機緣巧合結識詩人秀實和黃教授維樑；並答應為我第三本詩集作序，這全都是緣份啊！

萬物眾生皆有情意，無一不可以寓託言志。於是我寫下〈鷹〉、〈苦瓜〉、〈那尾烏頭躺在碟上〉等等。我亦喜旅遊，行萬里路確實得「詩」良多。去年我到過日本奈良、韓國之濟州及我國之南京、蘇州、廣州各地，總留下一些感概和歷史的追憶。

某朋友曾問我：已經七秩高齡，詩篇中仍有萬般愁語！？少年不識愁滋味才強說愁！？其實我詩所喃訴是我沉重的唏噓；斷絃喪偶是我一生至哀至痛。午夜夢迴，疚悔之情往往不能自己。看到她底遺物舊照不禁黯然落淚。結果寫成〈無題〉、〈白蓮花〉、〈草坪上的回憶〉以及〈北角之戀〉等來銷減解脫傷情。寄情於詩藝，是我唯一排遣的途徑。

我的詩集是一個滙聚文學論述的平台；百花齊放才是繽紛的春天！四位為我作序章既是我好友及知音解人；更兼才情並茂，磨劍豈止三十年！文字功夫深厚諳熟，而文章出類拔萃。冀望諸位細細閱讀。

詩人作家胡其石（江沉）、筆者多年同學兼詩友。三次出版詩集，他都為我作序，每次評論又會帶出「一些詩歌的概念，論述和欣賞方法。」須知詩歌是眾多文學體裁中最難提出理論觀點的，而他的見解獨到精闢，分析透徹淋漓，所以他的序文亦是難得的創作！

「所謂內舉不避親」、我外甥偉程（炊煙山人），他多年浸淫中西文學，涉獵大量經典，破書萬卷，研究西詩中詩，尤擅寫舊詩七律，有關學養，我只能望其脊背。

另一評者──秀實。香港詩歌協會會長、《圓桌詩刊》主編、中國《流派》詩刊主編。大半生貢獻創作詩歌和詩壇，髮鬚他的情人和事業就是詩，別無其他。現在仍穿梭活躍於台灣國內及香港有關出版活動，令人欽佩。

再者，享負盛名多年於兩岸三地、文學評論界之泰斗黃維樑博士；他學問淵博，見識卓越非凡，已著書數十本。和他談詩論文，猶如上了一堂文學課。

他百忙中為我撰寫序章，洋洋數千言，珠玉紛陳而無沙石。（只是過譽美讚本人作品，實為羞愧。）

他對新詩舊詩認識深廣潤大，且看他序章便知非謬語。他且更為此本詩集冠名：《鎖禁的美麗》。再次銘感和拜謝。

「如果人生沒有愛情、友誼和詩歌，猶如春天沒有了花朵。」我謹把這句話送給諸位熱愛詩、熱愛文學的朋友。

在此，謝謝孫女兒冬蕾多亮麗獨創的封面和插圖，以及秀實兄協助編輯並提出有關出版的寶貴意見。

此冊詩集，自資自編出版，除贈送親友、文學愛好者及部份出版社外，如獲青睞，請聯絡本人（0852-9849 2913 或 email: sunnylee0309@gmail.com）。

李藏璧致意 2019 年 5 月

李藏璧

台中清境

師範學院畢業後從事教育及出版工作數十載，包括：

- 聖類斯教育機構傳理系講師及執行編輯 1985-1987
- 香港清華書院校外課程講師 1983
- 科華圖書公司經理 1979-1980
- 中柱文社總編輯 1963-1967
- 良友之聲出版社《青年良友》半月刊執行編輯 1978-1980
- 華僑日報助理編輯 1995
- 《今日時裝》總編輯 1980-1982
- 香港電台電視部教育節目主持及中文科導師
  〈打電話問功課〉1985-1986
  〈上網問功課〉2002-2003
- 佛山電台節目主持〈英語一分鐘〉1999-2000
- 與詩人江沉出版詩集《鑑石》1967
- 出版詩集《水澹雲濃》2017
- 出版詩集《今晚　且乾杯》2018
- 出版詩集《鎖禁的美麗》2019

封面及插畫：冬蕾
美術設計：李藏璧

李藏璧詩集 03

鎖禁的美麗

作者　　／ 李藏璧
出版　　／ 文思出版社
地址　　／ 香港新界粉嶺粉嶺中心 D 座六樓 D7 室
電話　　／ 0852-5804 3139
總編輯　／ 李初陽
印刷　　／ 博藝坊工作室

2019 年初版
定價　港幣 80 元

INBN 978-988-77588-5-3